1

Una stradina del centro, vicino alla cattedrale. Un edificio in pietra serena, porta bassa, un'insegna scolpita in un pezzo di legno attaccata al lato destro della porta. "Dodirì". Il bar era pieno di fumo, per lo più di sigaretta. Ancora era presto, i ragazzi che usavano quel posto come coffee shop di solito arrivavano molto più tardi. E' tranquillo lì. Prendi una birra al bancone, la sorseggi con calma, inizi a fissare il barista. Con un gesto degli occhi aspetti che ti indichi un punto del locale, di solito in fondo, vicino ai bagni. Ad un tavolo sono seduti dei ragazzi che giocano a carte o conversano del più e del meno fra di loro. Ti avvicini ad uno e chiedi se hanno qualcosa, questo, senza smettere di giocare "Quanto?" "20 euro". Un altro ragazzo si alza dal tavolo, ti viene vicino, lo scambio è velocissimo, i tuoi soldi finiscono nella sua mano e il pezzo di fumo nella tua. Ti metti a sedere ad un tavolo e ti rulli la tua canna. Lì è normale. Lo fanno tutti, da una certa ora in poi. La polizia passa raramente e il più delle volte chiude un occhio, meglio che fumino qui dentro piuttosto che fuori, magari al volante di una macchina e rischino poi di addormentarsi. Ma ancora era presto. La gente seduta ai tavolini si gustava l'aperitivo. Gruppi di studenti bevevano birra e fumavano sigarette parlando male dei professori. Qualche coppietta si baciava, qualcun'altra litigava. Il barista si fumava la sua pipa scavata nella pietra, non era particolarmente felice, era stanco e poi non sopportava tutto quel chiasso, risatine e tutto il resto. Preferiva molto di più i clienti che venivano dopo. Erano gruppi di pochi ragazzi che si lasciavano trastullare da quello che fumavano. Erano più tranquilli. Spesso veniva un ragazzo, era quello che gli stava più simpatico, capelli riccioli e barbetta. Si metteva a sedere, iniziava a sfogliare un libro, chiedeva un tè, si preparava la sua canna e iniziava a leggere il suo libro. Alternava un sorso di tè ad un tiro di canna. Ma ancora era presto. Il barista andò verso la cassa, guardava con occhi strani il tizio che doveva pagare, forse lo aveva già visto da qualche altra parte. Non si ricordava. Chissà, forse un vecchio compagno di scuola. Strano sorriso, soldi, resto, grazie, arrivederci. Aspirò una lunga boccata dalla sua pipa e si andò a sedere su di uno sgabello. Davanti a lui, seduta ad tavolo, una coppia. Sembravano annoiati, non parlavano molto. Lui aveva gli occhi neri come il carbone, ispiravano fiducia. C'era un che nel suo viso, nel suo sorriso, capace di rassicurare anche la persona più ansiosa e inquieta del mondo. Era una di quelle persone così buone e disponibili come ce ne sono poche al mondo. Riusciva a comunicare con tutti e si trovava a suo agio in ogni situazione. Ovunque si trovava sapeva sfruttare al meglio tutte le occasioni e le opportunità che gli venivano offerte. Se andavi ad una festa e c'era anche lui, il giorno dopo sapevi cosa raccontare agli amici. Sapeva ballare benissimo, qualsiasi genere di musica… e se vedeva qualcosa che ancora non conosceva, imparava in un nano secondo come rifarla e migliorarla. Potevi parlare con lui di qualsiasi argomento, dal calcio alla politica, dai gossip più stupidi ai problemi riguardanti l'ecologia… e se vedeva qualcosa che ancora non conosceva, imparava in un nano secondo come rifarla e migliorarla. Conosceva tremila battute, giochi e qualsiasi cosa può interessare una persona… e se vedeva qualcosa che ancora non conosceva, imparava in un nano secondo come rifarla e migliorarla. Era una di quelle persone che ti affascinano, di quelle persone con cui faresti un viaggio intorno al mondo senza mai annoiarti. Una persona di quelle che se vedeva qualcosa che ancora non conosceva, imparava in un nano secondo come rifarla e migliorarla. Lei aveva degli occhi bellissimi, affascinanti, profondi, intriganti. Aveva uno sguardo così seducente che era impossibile resisterle. Era strana, era una poetessa, aveva letto chissà quanti libri, era rimasta coinvolta in tremila avventure. Leggeva di tutto, dai romanzi di avventura ai thriller, dai romanzi rosa ai comici. Leggere era la cosa che la distingueva dalle altre. Avrebbe potuto parlare ininterrottamente di qualsiasi autore contemporaneo o classico. Leggere era la sua droga. L'altra cosa a cui non sapeva resistere era il ballo. Adorava ballare. Non le importava il genere di musica, l'importante era ballare. Chiudeva gli occhi, si lasciava trasportare dal ritmo. Il suo corpo si muoveva in maniera armonica, sentiva la musica, ogni singola nota. Il ritmo la conquistava, si impossessava di lei dalla punta dei piedi fino ai capelli. Si lasciava conquistare dai movimenti, chiudeva gli occhi… ed era come se tutti i problemi, tutte le brutture, tutte le incomprensioni e tutte le tristezze scomparissero d'improvviso. Rimaneva lei, nella pista, a ballare… ed era lei, lei sola e la musica. Erano affascinanti i suoi occhi profondi, quasi dovessero rivelare da un momento all'altro il segreto dell'universo. Sapeva giocare con i suoi occhi… in tanti erano rimasti stregati dal suo sguardo… tanti cuori infranti.

Erano seduti al tavolo, tranquilli, forse annoiati, non parlavano molto. Nel bar tutto proseguiva come sempre, routine continua, quasi come le stesse scene di un film ripetute all'infinito.

Il protagonista della nostra storia era lì fuori. Omar fumava una sigaretta con disinvoltura. I capelli erano mossi dal vento, la barba incolta incuteva un certo timore e al tempo stesso una strana solennità. Ancora non era entrato dentro il locale. Era una vita che non tornava lì. Era cambiato sia mentalmente sia fisicamente. Chissà se il barista lo avrebbe riconosciuto, chissà se il barista era lo stesso che aveva conosciuto lui, quello che ogni sera gli preparava un cocktail diverso. Fondamentalmente erano due solitari e si erano piaciuti da subito. Stufo delle paranoie e delle tristezze dei suoi clienti, il barista era felice quando Omar gli parlava dei suoi sogni, dei suoi viaggi e della sua visione del mondo. Certo, Omar aveva delle idee strane e incomprensibili, utopiche, come l'uguaglianza e la solidarietà, tipiche di un animo giovane che ancora non aveva incontrato le difficoltà della vita e pensava che tutti gli uomini fossero buoni, ma era piacevole starlo a sentire, trasmetteva allegria. La sigaretta stava per finire, sarebbe entrato con passo tranquillo e sicuro. Appena entrato una musica in sottofondo lo colpì, conosceva quella canzone, non ricordava né il titolo né di chi era, ma conosceva il ritmo. La prima volta che l'aveva sentita era stato quando era arrivato per la prima volta in quella città alla stazione degli autobus. Appena sceso, mentre si guardava intorno un po' spaesato, quella canzone lo aveva accolto. Erano piccoli segnali che gli davano sicurezza. Era la quarta, forse la quinta volta che tornava in quella città. Ormai era di casa, anzi la considerava sua, ci aveva vissuto quasi un anno, per poi ritornare altre volte a salutare gli amici o semplicemente per rivedere la sua città. Alcune persone sedute ai tavoli se le ricordava. Era facile incontrarsi in quella città, pur se immensa, era tutta concentrata nel centro e come capita spesso, ci sono delle facce che rimangono più impresse di altre. Un rapido sguardo ai tavoli senza fermarsi troppo ad analizzare i particolari o ad inventare storie… Inventare storie! Gli capitava spesso di fare questo gioco, soprattutto quando era solo. La prima volta lo fece in treno. Seduto davanti a lui c'era un signore anziano, mezzo pelato, con dei baffi lunghissimi, vestito in maniera elegante, che fissava continuamente il cellulare. Iniziò ad inventare una storia su di lui. Era un professore in pensione, non si era sposato, perché amava troppo insegnare, la sua famiglia era la scuola. Una volta si era innamorato perdutamente di una sua allieva, aveva avuto una storia con lei e poi non si erano più sentiti. Lo aveva cercato lei due giorni prima. Si sarebbero incontrati dopo tanto tempo. Era in treno, viaggiava per ritrovare il suo amore, sembrava un ragazzino da quanto era emozionato. Omar era capace di inventare storie stronzate così, per ingannare il tempo, per far passare la noia, per sognare. Dopo un rapido sguardo ai tavoli si diresse verso il bancone. Si mise a sedere su di uno sgabello e aspettò il barista. Era lo stesso di sempre. "Ancora qui?". Stretta di mano e abbraccio. "Bentornato".

INVERNO

+ uno ama una persona

+ quella lo allontana

+ uno se ne fotte e la tratta male

+ quella si innamora

Legge del cazzo

Un suono indefinito

amore mai udito

Dove?

Fin dove?

Il nero dirada

Mi senti?

Connessione

Luci ho sognato come meglio ho desiderato

nei miei sogni angusti al tramonto

persi nel fumo acre

tabacco si mischia alle pareti

tutto uno

I tuoi capelli vivono

in un soffio di vento

vortice che li accarezza dolcemente

le tue labbra gustano la vita

Come tante stelle nate in una notte d'inverno

i miei sogni aspettano l'estate

Ancora qui, cazzo, ancora vivo, con il cazzo di stomaco a puttane, una cazzo di musica di merda in sottofondo, il cazzo di alito che sa di gin, i cazzo di vestiti che puzzano di tabacco, i cazzo di occhi gonfi, i cazzo di capelli spettinati, i cazzo di vaghi ricordi della nottata, la cazzo di voglia di dormire, forse anche un po' la cazzo voglia di vomitare, insomma una cazzo di domenica mattina come tante.

Vestito come il peggio barbone, è vero, sono un cazzo di poeta maledetto, con i cazzo di occhi rivolti al vuoto, con i soliti cazzo di sogni, tanti, forse troppi.

Qui a scrivere con i miei cazzo di problemi, con le mie cazzo di stronzate, con le mie cazzo di solite insulse paranoie, con le mie cazzo di tristezze.

Perché i tuoi occhi non sorridono mai?

Ho sepolto il cazzo di ottimismo e la cazzo di allegria, ho dato libero sfogo alla malinconia del cazzo. I miei occhi mi descrivono bene, basta guardarli, neanche troppo a fondo, un cazzo di sguardo veloce per assaporare la tristezza.

Eccolo qua il tuo mondo, la tua terra, ali spezzate, campi incolti, eccoti qua ancora una volta a vivere di ricordi, eccoti qua a piangere.

Rifletti, i ricordi non servono a granché, fanno soffrire, sempre (più o meno), distruggili.

Sarà giusto?

Il passato è passato, niente di più, non si vive di passato, non si vive nel passato, sei qua, vivi nel presente, sconfiggi le tue paure, i tuoi dubbi e i ricordi che non se ne vogliono andare.

2

"Ki 6, 1 fata o 1 dea?"

"Potrei essere 1 angelo, te ke dici?"

"Ninfa di mare, okki splendenti, incontriamoci stasera, voglio conoscerti!"

"Sto uscendo dalle acque, le mie ore mi stanno porgendo la veste, ma nn posso ammirarti stasera, sl sognarti."

"Fiore del deserto qnd i miei okki potranno incontrare i tuoi? Qnd le mie mani accarezzare le tue?"

"O mio bardo sn le distanze le nostre barriere, ma il divario ke c'è fra noi nn potrà impedirmi di bramarti. Quando sentirai il vento + caldo io ci sarò!"

"Attendo cn ansia quel momento. Voglio abbandonare le mie mani fra i tuoi capelli, sentirti parlare, amarti. Mia principessa io ti devo rapire."

"Addio cavalier gentile ke viaggi per deserti seducenti in cerca di donzelle da ammaliare... aspettami quando sarà il momento... Addio."

"Sogno di fata fra le lacrime di una stella buonanotte. Nn dimenticarmi. Nn farmi soffrire amore appena incontrato."

Richiesta di amicizia accettata. Quasi improvviso arrivò quel messaggio insieme alla richiesta di amicizia di Omar C… Lilit non sapeva di chi fosse quel profilo, rispose subito, d'impulso, senza pensarci troppo, era un gioco innocente che le piaceva: lui il cavaliere misterioso, lei la principessa da salvare. All'inizio pensò si trattasse di un suo amico, ma poi rifletté: nessuno dei suoi amici avrebbe scherzato così con lei. Era intrigante parlare così con qualcuno che non conosceva. Era sempre stata una ragazza insicura, parlare attraverso il computer le dava tranquillità, si sentiva protetta. Era bellissima, ma molto timida, a volte imbranata, si emozionava facilmente. Tante volte quando usciva con un ragazzo le prendevano quelli che lei chiamava i suoi momenti: si bloccava, non riusciva più a parlare e la sua faccia si incupiva. Normalmente il ragazzo che aveva davanti interpretava questi segni come un rifiuto da parte di lei a proseguire la serata. Questi suoi atteggiamenti improvvisi facevano allontanare ogni persona. Lei avrebbe voluto spiegare che erano atteggiamenti legati alla sua insicurezza e che chi aveva davanti non c'entrava niente, ma appena provava a spiegarsi si bloccava e dalla sua bocca non usciva alcun suono, rimaneva in silenzio, finché il ragazzo, annoiato, se ne andava. Davanti al computer diventava un'altra persona, aveva più tempo per pensare, non si sentiva osservata, poteva pensare tranquillamente, si sentiva a suo agio. Quel messaggio arrivato da un profilo sconosciuto la colpì, non sapeva perché, ma aveva voglia di giocare, di sentirsi desiderata, di sentirsi speciale. Quel nome, Omar, le faceva pensare a mondi lontani e misteriosi. Prima di accettare l'amicizia aveva guardato le foto di Omar, paesaggi e qualche animale. Non c'erano foto sue. Aveva guardato se potevano avere amici in comune, niente. Nella bacheca di Omar c'erano link difficili da interpretare, frasi di filosofi sulla vita (niente di particolarmente interessante), qualche video preso da YouTube, musica rock per lo più, un profilo abbastanza normale. Anche la foto nel profilo era molto misteriosa, aveva messo l'immagine di Altair, il protagonista di Assassin's Creed.

"dai veramente chi 6?"

"un uomo del mistero.... ;)"

"infatti vedo dalla tua immagine del profilo....voglio capire chi 6... età?"

"troppe analisi tolgono il gusto del mistero"

"mmm vediamo...ti piacciono le donne intriganti, sensuali"

"continua...mi piace questa analisi"

"non hai una tua foto nel profilo perché…"

"dai tu la risposta o era una domanda?"

"non puoi...6 in incognita...."

"ahahahah"

"non è vero cavaliere?"

"si madamigella"

Quello che era iniziato come un gioco si protrasse a lungo. Non riusciva a fare a meno di parlare con lui. Si sentiva al sicuro con quest'uomo misterioso che non aveva mai visto. Sentiva che poteva aprirsi con lui, che l'avrebbe capita. Parlava con lui ogni giorno, quello che lui postava nella sua bacheca era diventato per lei vitale. Sapeva che poteva raccontargli ogni cosa, ogni sua paura, ogni suo sogno, ogni sua minima cosa, importante e non. Non lo aveva mai visto, non aveva la minima idea di come potesse essere la sua faccia, non si erano neanche mai parlati, non aveva idea di come potesse essere la sua voce, ma non le interessava. Comunicavano attraverso la chat, si lasciavano messaggi quando uno dei due non era in linea, condividevano foto, video, post nei rispettivi profili. Questo era il loro solo modo di comunicare e per il momento andava bene così. Lilit lì era una diva, sue foto provocanti si alternavano con immagini fantasiose scaricate dalla rete. Ogni immagine aveva il suo commento che la spiegava. Aveva oltre 200 amici, ne avrebbe potuti avere molti di più, ma aveva deciso di tenere solo quelli che commentavano i suoi stati, i suoi post e le sue foto. Non entrava quasi mai in chat per parlare con i suoi 200 amici, non le piaceva. Con Omar si, con lui parlava in chat, a volte lo aspettava per ore e appena lo vedeva collegato la felicità illuminava il suo volto.

Post di Lilit sulla bacheca di Omar:

immagine della volpe e del piccolo principe di Antoine de Saint-Exupery

"sarebbe meglio se ogni giorno venissi alla stessa ora"

Commento di Omar:

"addomesticami :p"

Andarono avanti a lungo, il mondo virtuale era diventato il loro modo di vivere. A volte si scambiavano semplici frasi, altre volte discorsi più lunghi e articolati. Vivevano in un mondo loro, fatto di dolci parole, di poesie, di piccoli pensieri senza senso e spesso banali.

"Ma dv 6? Qui tutte parlano dei loro ragazzi e io sn sempre sola. Nessuno mi vuol bene, nessuno si preoccupa x me :("

"E io?"

"Lo so ke ho te e questo mi conforta tantissimo. Ti va di parlare un pochino? Dai dimmi qualcosa di bello, ke so, 1 poesia?"

"Nella notte... Nn so, nn sn ispirato..."

"Hai visto ke bel tramonto. Mi piacerebbe guardarlo con qualcuno... Guardalo e pensami. <3"

"Vorrei far diventare i miei sogni realtà"

"Quali sn i tuoi sogni?"

"Vorrei trovare l'amore vero x_x"

"Lo troverai ke 6 la ragazza + bella del mondo"

Con le nuove tecnologie potevano accedere ad internet anche dai cellulari. Le loro comunicazioni si fecero sempre più frequenti. Si sentivano più volte al giorno, ovunque fossero, quando volevano. Certo, è più facile vivere in un mondo virtuale che nel mondo reale. Quando non si ha voglia di parlare basta un click per interrompere la comunicazione e si può pensare bene alla risposta da dare a particolari domande.

"Qua sn ad un comple! Quello ke mi danno io bevo e/o fumo."

"1 giorno spero riusciremo a sballarci assieme! :D"

Stato di Lilit:

Qua nn va male... mezza fuori ma effimeramente felice.

Post di Lilit sulla bacheca di Omar:

"E' tanto che non entri… vorrei tanto che tu ora fossi qui con me…"

Commento di Omar:

"Sono in casa malato :("

Commento di Lilit:

"Ti posto un video così mi penserai"

Clandestino di ManuChao

Commento di Omar:

"Adoro ManuChao. :) Ti stavo pensando anche prima."

La loro non si poteva definire una "storia d'amore" nel senso classico del termine, stavano iniziando a conoscersi, non si erano mai visti di persona ma stavano iniziando ad affezionarsi l'uno all'altra. Non che relazioni del genere siano una novità assoluta, ma nessuno dei due aveva ancora chiesto all'altro di potersi conoscere. Lilit nel suo profilo oltre ad immagini scaricate dalla rete aveva molte foto sue, più o meno sensuali, più o meno provocanti. Omar nel suo profilo aveva solo immagini scaricate dalla rete per lo più fantastiche. Nelle informazioni personali, che normalmente in un profilo aiutano ad identificarti erano stati entrambi molto sintetici. Nel profilo di Omar compariva solo sesso "uomo". Nel profilo di Lilit oltre a sesso "donna" comparivano ogni settimana una città diversa nello spazio adibito a città dove ti trovi adesso, a professione "studentessa", a relgione "la mia propria", a politica "che importa" e niente di più. Nel campo dedicato alle citazioni preferite entrambi avevano messo tre puntini di sospensione.

Stato di Omar:

Mi sto annoiando, mentre navigo tra le mie paranoie esistenziali. Non trovo risposte convincenti. Sono in camera. Alla finestra e guardo l'universo, pensando alla mia miseria e ai miei limiti, alla mia volontà e i miei bisogni. È freddo, sto fumando.

Messaggio privato di Lilit per Omar:

"Non si può amare così, fino allo sfinimento in attesa di un minimo segno. Mi logoro il cuore e lo spirito. È strano come abbia sempre desiderato un'altra vita. Una volta che ho provato a cambiare mi sono sentita sola. Ho cambiato. Sempre sola. Forse ho bisogno di qualcuno con cui condividere eccessi e normalità..."

Risposta di Omar:

"Volevo farti sapere ke 6 in me ogni giorno e lo sarai sempre. Ricorda ke x te ci sarò sempre. La tua figura per me è molto importante e nn voglio perderti nel tempo."

L'amicizia di Omar e Lilit cresceva di giorno in giorno sempre più forte. Erano diventati intimi confidenti. Lilit aveva avuto la sua ennesima delusione d'amore. Era uscita con il suo ex, che l'aveva chiamata per chiederle di riprovaci, perché la loro storia non poteva finire così… e tutte le altre classiche storiche frasi che si dicono normalmente alle ex ancora innamorate quando più che l'amore a spingere verso quella persona è il desiderio sessuale. Erano usciti quella sera, avevano anche riso e scherzato, lei si era fatta tutte le illusioni possibili e immaginabili, gli aveva perdonato in cinque secondi i tradimenti, le offese e le assenze… era pronta a ricominciare tutto da capo. Lui era uno di quelli che ovunque si trovava sapeva sfruttare al meglio tutte le occasioni e le opportunità che gli venivano offerte. Appena si erano incontrati, lui si era inginocchiato davanti a lei e le aveva chiesto scusa dicendole: "Senza di te niente ha senso!" e lei quasi con le lacrime agli occhi gli aveva risposto: "Sono qua per te, ti amo" Quella sera fecero l'amore, a lungo, una notte di passione stupenda, ma il giorno dopo lui guardandola con occhi soddisfatti le disse: "Forse abbiamo corso un po' troppo ancora non sono pronto"

Stato di Omar:

Il pianto è preghiera, dopo però sfascia tutto!!!!!!!!!! Amen

Commento di Lilit:

"la vita è troppo leggera, labile, vorrei emanare amore, come fosse preghiera, ma non posso, sono soffocata da pareti ora grandi, ora invisibili"

Messaggio privato diLilit per Omar:

"Ho sempre desiderato essere legata a niente e a nessuno. Poi xò mi sento triste e devo cercare un qualche legame. Lo so. Sono

strana. Forse troppo. Amo ciò ke neanche mi prende in considerazione :(Non mi accorgo di essere amata da persone vere e dolci."

"Acc... devo fare un dolce x domani!!!"

"Vengo a darti una mano? a me piace sperimentare in cucina ;)"

"Anche a me...lo trovo stuzzicante e molto eccitante...3:)"

"Vieni a trovarmi stanotte nei miei sogni..."

"Ti farò fare sogni fatati e leggeri..."

Messaggio privato di Omar per Lilit:

"...ballavi su di un prato, scalza. Era una festa. C'erano tavoli pieni di finger food e Muller Turgau..."

Stato di Lilit:

Sto male. Voglia di piangere.

Commento di Omar:

"Si piange solo quando si dimentica una cosa completamente."

Commento di Lilit:

"Ho bisogno di 1 abbraccio lungo e di 1bacio. Ho voglia di piangere, nn chiedermi xké, nn lo so."

Commento di Omar:

"Volevo sentirti. Nn so il motivo. Ho condiviso un post sulla tua bacheca. Scappiamo?"

Post di Omar sulla bacheca di Lilit:

immagine di un tramonto rosso fuoco

"Quando pensi ke nessuno ti capisca, ricordati ke l'unica persona capace di ascoltarti è qui in questo mondo virtuale, lontana fisicamente, ma sempre accanto a te <3"

"Sto facendo un disegno, uso dei colori cupi, sn un po' triste...:("

"Posso regalarti 1 mio sorriso brillante e solare x donare colore al tuo disegno così grigio...;)"

"Grazie, io in cambio posso regalarti sl i sogni più belli ke farò stanotte e 1 bacio sul tuo ciuffo di capelli dietro l'orecchio destro..."

Stato di Omar:

Se il cielo dichiarasse il suo amore, la terra lo prenderebbe in minima considerazione?

"Ti ho sognato ieri notte. Discoteca, ballavi, avevi degli occhi vivi, contenti, delicati. Ballavo e ti guardavo. Avrei dovuto avere un po'

più di coraggio e venire da te, ballare insieme, senza parlare. E invece...troppo timida, e forse orgogliosa. Aspettavo che venissi tu, nn volevo stressarti... Ero sola. Ho ballato sul cubo, ero scatenata… ma poi tu mi hai guardata e sei venuto verso di me"

"E se la notte non finisse mai, se tutto rimanesse così, fisso, immobile, certo magari con te, abbracciati, a parlare, a confidarci intimi segreti."

"E le stelle intanto mi guardano. Mi sento sola, anche ora, vorrei parlare, essere capita, chiedo troppo?"

"I sogni e le stelle sono irraggiungibili... ma è bello alzare lo sguardo e vedere che sono sempre là."

"Si preannuncia serata fumogena. Tu che fai di bello? Qua si va avanti a limoncelli... non riesco più a bere il vino ! Che fastidio ! A dopo..."

"Sono in un bar, bevo vodka liscia... stanco e annoiato però... al più presto ti vengo a trovare..."

"E qua si fuma!!! Cazzo ke viaggi! Visto ke ho bevuto solo 4 limoncelli e parecchio rum, devo ripigliarmi con una bella cannetta. O no? ti voglio bene mio amico virtuale... che i miei pensieri ti arrivino... ti voglio qui con me... e intanto si va avanti a rum... bohhhhhhhhhhhhhhhhhhhh... non connetto! mi sto facendo un viaggio incredibile...

Ubriaca persa! e mi sento sola, tanto. Avrei voluto scriverti, prima, ma non ce la facevo. Ultimamente non entri spesso. Ho bisogno di te. Mi sono sentita una merda, quando ho scoperto di non avere amici, nessuno con cui confidarmi. Pensavo tu mi capivi, avrei voluto parlarti, ma non eri mai connesso"

Giorno dopo, risposta di Omar

"Ero in montagna. È tutto stupendo. Un silenzio quasi rassicurante. Il cielo è limpido. Vedo tutte le stelle. Peccato che sono solo. Mi sento solo anche io senza te"

"Adesso sono sola a casa, con le guance rosse e gli occhi lucidi dal freddo... cioccolata fra le mani e tanti pensieri..."

"Stelle spente sopra un ruscello freddo, il volto bonaccione della luna nel cielo. Una stella infante turbata dal debole colore rosa che rende goffo l'orizzonte. L'acqua si addormenta come l'abbiamo sempre vista, sorridendo"

"Se l'azzurro è un sogno dove mai finirà l'innocenza? Cosa mai sarà il cuore se l'amore non ha frecce? Se la morte è morte dove finiranno mai i poeti?"

"Acqua chiara, luna nuova... o sera, sera di un altro mio bacio! Timore lontano della mia ombra senza raggio d'oro, sonaglio vuoto... sera dissolta sopra pire di silenzio..."

"Hai trovato il tuo sole? Sono contento. Qua c'è troppa nebbia"

"Il nostro cammino fugace si perde nella nebbia, storditi cerchiamo la strada per il ritorno ma inspiegabilmente ci sentiamo come protetti dalle nostre stesse paure"

Stato di Lilit:

Silenzio, dove porti il tuo cristallo macchiato di sorrisi, di parole e singhiozzi? Come rendi limpida la rugiada, e le sonore ombre che i mari lasciano su di te?

"Basta!!!!! Non ce la faccio più!!! Voglio andarmene da questo mondo per un po'! Ti prego andiamo via!"

"Voliamo verso un mondo costruito da noi, dove non esiste né il tempo né lo spazio, dove nessuno può raggiungerci, né tantomeno giudicarci, o dire quello che dobbiamo o non dobbiamo fare credendo di essere padrone della nostra vita... "

"vogliamo essere padroni di noi stessi e dei nostri atteggiamenti e voleri, un mondo dove tutto è pace, ma la pace che intendiamo noi, con gli attributi che noi le diamo..."

"perfetta o non perfetta vogliamo una dimensione che ci lasci liberi... liberi da ogni cosa"

"Scappa con me da questa gabbia che mi sta stretta, da questo mondo ipocrita e dittatore! Non c'è bisogno di bagagli o passaporto, ma solo della voglia di conoscere più da vicino questa

libertà che tutti vogliono sposare, ma che nessuno è riuscito a baciare..."

"Andiamo"

"Sapevo che potevo contare su di te compagno di sogni e viaggi senza meta, cavaliere dei miei desideri più delicati... notte e sogni di cristallo..."

"Ti adoro lo sai...? Non mi disturbi mai. Te lo assicuro! Sei un ragazzo insolito, o meglio... SPECIALE*, diverso dai tanti. Non ho mai conosciuto una persona dolce e sensibile come te, non devi sentirti estraneo al mondo. Sei una delle poche persone che potrebbero cambiare le cose. Non sei solo. I ragazzi come te non sono mai soli xké sanno farsi amare... ti giuro! <3"*

"The bloodhound gang. The bad touch. Nulla di speciale da fare.. fuori.. barba lunga, sguardo da sognatore, kefia al collo.. non so come definirmi: strano = normale.."

"Io sono appena uscita dalla doccia.. il vapore rende la mia pelle vellutata.. dai capelli bagnati scendono gocce d'acqua sul mio corpo.. non mi va di ascoltare musica.."

"Il nostro momento arriverà, basta saperlo aspettare e sfruttarlo nel modo ke ci sembra più adatto. Il sole deve essere già presente in noi prima di vedercelo davanti"

AUTUNNO

Mi sento come davanti ad un muro altissimo. Provo a superarlo. Inizio a scalarlo. Scivolo. Cado. Mi rialzo. Riprovo. Continuo così per non so quante volte. Dopo tanto arrivo in cima. Ce l'ho fatta! Grido. Sorrido. Non ho tempo per scendere tranquillamente. Sono troppo felice. Mi lancio di sotto. Cado a terra. Mi rialzo. Rido. Sono troppo felice. Mi sento libero. Ho superato il mio ostacolo. Faccio un paio di metri. Davanti a me un alto muro...

Chi sta bene, chi sta male,
chi vorresti rivedere, chi vorresti dimenticare...
amicizie che si perdono,
treni sempre più veloci,
volti che si confondono fra la gente.

Chi c'è sempre, chi ormai è troppo lontano,
chi ancora ascolta, chi ormai non sente più nulla...
amicizie che svaniscono,
fiumi che scorrono inarrestabili,
volti fra la gente.

Chi ama, chi tradisce,
chi si fida ciecamente, chi si difende assiduamente...
amicizie sempre più lontane,
battiti di ali sempre più irruenti,
sguardi fra la gente,
pensieri senza dimora.

Delusione,
forse,
legami che si spezzano,
corde che si rompono,
ricordi sgualciti e niente più.

3

"Ciao, niente di nuovo, ma è bello ritrovarsi, salutarsi, lasciare i problemi fuori, così, senza un motivo ben preciso, con la sola voglia di evadere un po'..."

"Evadere, estraniarsi dal retorico, liberarsi delle pesanti catene con cui sei costretto a vivere, ritrovare una propria leggerezza…"

"Sognare con gli occhi di un bambino che non vede difficoltà nel suo cammino, vedere il sole nascere e morire e meravigliarsi perché oggi sei lì a vederlo, e domani?"

"Esisterà un angolino dove tutto è limpido e vellutato... chiedo troppo? In fondo non costa niente sognare..."

"... e se poi i sogni non si realizzeranno sarà bellissimo e unico solo perché comunque li abbiamo sognati insieme..."

Post di Lilit sulla bacheca di Omar:

“@>-- *Un sorriso e un pizzico di polvere magica al mio romanziere di sogni...*

Se provi a soffiare contro le nuvole potrai scorgere un mondo dove i nostri sogni prendono vita e si tramutano in realtà... ma poi ne varrà la pena?

I sogni devono restare sogni o no? Ogni sognatore questo lo sa ed è questo che conta veramente...”

Iniziarono a rifugiarsi nella loro nuvolina, un mondo tutto loro, un mondo creato da loro, un mondo dove rifugiarsi, un mondo fatto di sogni e di poesia.

Stato di Omar:

piove polvere di fata dalle mie mani

Stato di Lilit:

Che strano.. là fuori c’è un insieme indistricato di vite e situazioni : chi si è appena lasciato, chi è diventato padre, a chi invece è morto un padre.. chi tenta di scrivere un libro, chi fuma la sua prima sigaretta, chi inizia un viaggio, chi è tornato a casa.. e io e te soli, ma con la luna che ci protegge..

finalmente un brivido di sicurezza e felicità riempie la mia mente rendendola forte alle situazioni.. noi due sotto la stessa coperta, a parlare dello stesso cielo.. ecco, adesso vorrei stare ad ammirare il cielo stellato di Van Gogh, per poi svegliarmi e ritrovarmi su di una barca in uno stagno pieno di ninfee disegnate da Monet.

Stato di Omar:

Sto entrando nel letto. I lenzuoli sono ancora freddi , danno brividi ai miei piedi, mi stendo in cerca di una posizione comoda, non ho sonno, voglio cullarmi...

voglio cullarmi con te…

Commento di Lilit

"Sono alla finestra, davanti a me la piazza, le campane continuano a suonare. Piovuto tutto il giorno, ma ora è un cielo sereno a dominare questa notte invernale... l'aria fredda mi tiene sveglia"

"E ricordati che ci potremo incontrare quando vogliamo, basterà chiudere gli occhi e farsi trasportare dal vento dei sogni... indicami la strada o meglio, dammi la mano e insieme voleremo oltre..."

"fino alla nostra nuvolina"

"Voglio fare un sogno bellissimo prima di alzarmi come ogni mattina... Non vedo l'ora di essere sulla nostra nuvolina con te. Tutto voglio essere stanotte, accontentami bel principe, giocheremo fino a mattina... :p"

"Sarà mio compito accontentarti mia sensuale e conturbante fatina"

Stato Lilit:

Un libro davanti agli occhi… le mani fredde come al solito... i riccioli come al solito che cadono allegramente sulle guance

"Stasera brillerà in cielo una luna diversa, la nostra luna. Questa sera la luna lascerà il suo candido pallore per colorarsi di rosso. Questa sera i nostri sogni diventeranno realtà. Potremo finalmente desiderare tutto quello che vogliamo. La luna ci ascolterà da buona amica e sorriderà alle nostre parole <3"

"Sento il cuore battere forte... è il bene che ti voglio... grazie mio amabile poeta che rischiari e rendi unici i miei pensieri e sogni... mi piace volare con te e finché sarò in grado lo farò..."

"c'è un poeta che mi sta distraendo nel modo più carino e dolce che non posso proprio resistere, ma domani mi devo svegliare presto"

"buonanotte fatina"

"ti prometto che il mio sonno sarà interamente dedicato a noi e ai nostri sogni (non mi sarà così difficile) Addio mio bel principe ti aspetto nella nostra nuvolina dove ci andiamo sempre a rifugiare... notte..."

"...ma quanto ti vorrò bene... prova a contare i raggi del sole..."

"fissa a pensarti... mente rivolta ai sogni... un bocciolo di rosa per te... "

"Ancora qui a darci un falso addio, coscienti di ritrovarci immersi in schiuma di mare o vapore di nuvole insieme a sognare..."

"Caro cuscino dei sogni lieti, lascia viva in me quella sensazione, sussurrando al vento i miei segreti... ke li porti leggeri volando su questa emozione, dove i pensieri si infrangono con le onde... 1 bacio sussurrato in un orecchio ^_^"

Post di Omar sulla bacheca di Lilit:

foto di una tazza di caffè fumante e un cornetto

Commento di Lilit:

"invitante! il tuo dolce angioletto è ancora in paradiso, non poteva giungermi un risveglio più dolce... giorno tenero rubacuori x_x"

Stato di Lilit:

Senso di disorientamento che mi porta verso strane emozioni… uno sguardo al passato fa da conforto ad un tiepido brivido di malinconia... un fresco germoglio sta diventando un piccolo fiore bianco, legato ancora al ramo, orgoglioso della sua esistenza con quel retrogusto di passato accompagnato da uno spruzzo di sano ottimismo... volare? sognare! con un sorriso sul presente... è questo il segreto...

"... mi piace pensare che in un posto, non so dove, adesso folletti e fate stanno festeggiando l'arrivo del sole con danze e banchetti, assaporando succo di mirtillo..."

"… mentre i folletti più grandi assaporano delle fumanti torte alla ciliegia, i più piccoli scherzano con delle bolle di sapone aspettando il risveglio dei cuccioli d'orso..."

"... e mentre gli elfi raccontano storie, degli gnomi offrono alle fate gocce di sole appena distillate..."

"… un poeta nascosto dietro un albero spia la scena..."

"… due occhi sorridenti di una fata lo affascinano... vorrebbe uscire dal suo nascondiglio, ma è troppo timido..."

" … intanto ninfe toccano rocce, dalle quali scaturisce acqua..."

"… uno scoiattolo gioca con un raggio di sole incastrato fra i rami di un albero..."

"… appoggiato ad una vecchia quercia il vecchio trool fuma la sua buffa pipa..."

"… il poeta si perde nei due occhi sorridenti della fata..."

"… lei se ne accorge... smette di ungere di nettare le sue ali e si avvicina verso di lui incuriosita..."

"vorrei essere da tutt'altra parte, te sai dove... ^_^ starai probabilmente dormendo... mi piacerebbe essere un debole fascio di luce che timido viene a svegliarti accarezzandoti, solleticandoti le guance, sussurrandoti respiri fra i capelli..."

"ho appena fatto una doccia... elevarsi in volo e osservare la vita dall'esterno senza farsi influenzare dagli eventi... rimanere in alto, basta con le vite frenetiche... le mie povere alucce sono stanche, mi ci vorrebbe un po' di marmellata di mirtilli degli gnomi..."

"... da una casina dentro un albero viene un profumino di crostata... si festeggiano i 328 anni di un giovane folletto... danze, musica, sciroppi alla frutta... tutti si stanno divertendo... e noi due a guardarci negli occhi mentre ci impiastricciamo per fare una crostata con la marmellata di mirtilli..."

"Ecco dove vorrei essere... nuvolina, sulla nostra barchetta sul lago..."

"... con le onde leggere, le stelle in cielo, magari con la luna piena… "

"…e noi a guardarci negli occhi e parlare, e sorridere, e scherzare..."

"Avevo chiuso per un attimo gli occhi, sognando la situazione... proviamo a chiudere gli occhi insieme, sarà la nostra forma di contatto..."

"... immergiamo le mani nell'acqua (è calda)... chiudo gli occhi, appena li riapro voglio continuare a vederti..."

"... stavo immaginando la scena quando mi hai trascinato nel mondo dei sogni e... ma poi il resto lo sai! ora torno da te... aspettami..."

"...nell'attesa di incontrarti... una candela si consuma svelta nell'attesa di un bacio dato dalle tue labbra...

"seconda stella a destra e poi a dritto fino al mattino... voglio perdermi negli occhi della luna stanotte... e con lei... e con te... sognare..."

"mi fumo una sigaretta davanti casa, poi a letto..."

"... essere adesso insieme a fumarci quella sigaretta guardando le stelle, chiudendo gli occhi, immaginando di passare la barriera della realtà... sono tanto stanca, questa musica mi addolcisce il sonno... una buona notte accompagnata da margherite bianche e profumate di luna... solo per te..."

"Appuntamento all'isola che non c'è? Io Peter Pan, tu Wendy... verso casa, un po' di musica e il tuo pensiero saranno dolci sogni..."

"Sei adorabile! Non ho parole per descrivere la tua dolcezza..."

Stato di Omar:

Mi sono incantato a pensarti... nuvolina, io e te, insieme, stelle sopra di noi

Post di Lilit sulla bacheca di Omar:

immagine di una foresta dopo la pioggia, una goccia d'acqua in primo piano

"il profumo della pioggia per te, un bacio e il mio sguardo curioso in una foto da bambina"

"I miei occhi hanno viaggiato a lungo, affaticati si sono posati in un soffice desiderio... averti qui... chiudiamo gli occhi (come sempre)... musica un po' triste, lacrima sul viso senza un perché... voglia di volare... di un abbraccio, pelle su pelle... una spiaggia deserta... :')"

"... quando vorremo incontrarci, basterà chiudere gli occhi...e volare fino alla nostra nuvolina <3"

Stato di Lilit:

Le sue parole mi entrano nel cuore come fulmini, lampi, come dolci melodie... mi suscitano le sensazioni più strane... incantevoli... magiche... indefinibili...

"Notte poeta... spero che la luminosità di questo cielo stasera ti faccia brillare gli occhi... un mio bacio per ogni stella splendente"

"Che modo stupendo di dare la buona notte... una carezza fra le tue labbra... petali di rosa fra i tuoi capelli... gocce di stelle fra la tua pelle... notte cucciolina..."

"stanchissimo... camera, odore bruciante d'incenso, Heart Shaped Box dei Nirvana in sottofondo, luce spenta, steso sul letto"

"a ki lo dici... soffice pigiama... di corsa a letto... i miei piedi si intrufolano fra le lenzuola, mentre il mio corpo si distende... una mia carezza per ogni tuo respiro..."

Stato di Omar:

Sguardo all'orizzonte... mi pongo tante domande, forse troppe... un sorriso sulle mie labbra... vorrei averti qui…

"ho voglia di coccole, tante coccole...^_^"

"vorrei essere il sole per salutarti con la delicatezza che solo a te spetta... o la luna per tenerti compagnia nelle lunghe ore delle notte... ma sono solo un sognatore... ti fidi di me? chiudi gli occhi e lasciati andare... ti prendo per mano, stelle a farci compagnia, un prato, un tuo sorriso, un bacio e nient'altro..."

"tenero cucciolino, essere con te, baciarti... dolci sensuali effusioni che ti accarezzino i sensi, che ti riscaldino il cuore"

"...immergersi nel magma della notte per assaporare stelle a noi molto prossime come innocenti creature immaginarie..."

"concentrato a pensarti... vorrei essere a prendere il sole sdraiato vicino ai resti di un tempio antico..."

"tornata a casa da circa un'ora... sfinita... ma niente può impedire al mio sorriso di brillare ogni qualvolta una tua parola giunge al mio cuore..."

"notte, stelle in cielo, un desiderio... infuso di sogni scivoli fra le tue labbra..."

"notte giovane cantastorie... potresti raccontarmi di ragazzi innamorati che guardano con aria sognante la splendida luna del paese di Amleto... potresti cantarmi di sogni che profumano di realtà su un mare che sa di cielo... piccole fate rapite in castelli di innata libertà... addolciscimi il sonno con tenere nuvole di sole, fa di me una libellula che possa volare sopra ogni dove e realtà, dolce o aspra che sia, luminosa o cupa che sembri... canta per me poeta di notti innamorate..."

"certo, canterò per te e nessun altra... un bacio per renderti più misteriosa questa notte... musica intorno, un lieve, caldo soffio che diventi canto di angelo... e mentre la notte si fa lentamente più misteriosa un audace fiore ribelle ti accarezzi le labbra..."

"pub con amici, un bicchiere di birra, una sigaretta"

"vorrei averti qui, tenerti per mano e sorridere... o solo rimanere in silenzio... sempre con te...ma..."

"ecco che il misterioso in te che cresce... ma è bello così... pensa ad una sera, io e te soli... musica, mano nella mano, sorrisi... il resto... intanto leggere parole sussurrate all'orecchio come carezze..."

"... grido il tuo nome nelle notti insonni, quando gli astri si dissetano di luna... ed io mi sento piena di musica... potessero le mie dita sfiorare la luna..."

"stelle (le ultime, le ribelli) si lasciano cullare dai tuoi capelli addormentati... una carezza e un bacio sul naso..."

"la mia curiosità brama di poter guardare negli occhi colui che con le sole parole è stato capace di solleticare tutti i miei sensi... <3"

"non immagini quanta voglia abbia di guardare i tuoi occhi... vorrei essere con te ora..."

"andiamo nella nostra nuvolina? ;)"

"stavo per farti la stessa domanda io..."

"un bel pic-nic su di una soffice nuvola rosa e le rondini che ci fanno compagnia"

"un arcobaleno che teneramente ci accarezza i capelli, mentre i folletti ai suoi piedi catturano i suoi colori per dipingere i fiori più belli nel loro bosco e per fare coroncine alle giovani fate"

"ma come farei senza di te"

"miele a bagnarci le labbra"

"in sottofondo un assolo di piano dolce e trascinante"

"i colori dei fiori appena dipinti corteggiano il vento e ci inebriano di passione"

"vorrei sentirmi addosso la dolcezza di un sorriso, mi sento insicuro, non te lo so spiegare... è come se avessi bisogno di qualcosa, ma non so cosa... e mi sento più del solito estraneo al resto del mondo"

"pensa di trovarti in quel paesaggio che c'è in fondo al libro il Piccolo principe...il paesaggio più triste e più bello del mondo... magari passerà di lì un bambino dai capelli d'oro che non risponde alle tue domande e ti chiede di scrivergli una poesia... lui forse ti porterà a far vedere i suoi brillanti di cui è tanto geloso..."

"... forse preferirei incontrare una fatina dagli occhi misteriosi ;)"

"paste calde al forno.. e ora a letto.. solletico i tuoi piedini per farti ridere in questa notte serena mentre una stella veglia su di te"

"avrei voglia di una tortina alla crema... me la porteresti sulla nuvolina? sto salendo in carrozza e presto sarò lì con te... :p"

"xò voglio imboccarti io... :p"

Post di Lilit sulla bacheca di Omar:

immagine dell'alba sul mare

"appena svegliata, caffelatte pane e burro... attento che ti faccio il solletico :p"

"un po' di polvere di stelle per farti volare fino la nuvolina"

"quanto ti voglio bene!!! sei parte di me, ti penso di continuo... sto arrivando... nuvolina, balliamo? ;)"

Stato di Omar:

Occhi sempre tristi.

La pupilla si apre per afferrare l'oggetto della visione.

L'immagine nasce dalla perdita.

Perdita dello spazio amichevole...

il sentimento è rimosso...

l'apparenza impone

la sua fredda singolare violenta imperscrutabile presenza...

"... è questo il bello di noi, sappiamo sempre come si sente l'altro..."

"... siamo…

… dolci…

… diavoli…

… ribelli…

… le nostre anime si librano nell'eternità...

… ci basta uno sguardo, una mezza parola per capirci..."

4

"... e sarà sempre luna piena per noi, dolci diavoli ribelli, sarà sempre notte di grandi stelle..."

... i ricordi come i sorrisi possono essere dolorosi... per questo mi ricordo solo dei più belli... un angelo che abbandona il paradiso è condannato a diventare un diavolo... lui lasciò il paradiso, ma rifiutò l'inferno... diventò un diavolo ribelle... iniziò per lui una vita nuova, un ribelle fra i ribelli... ma la caratteristica che più lo descriveva era la dolcezza... un dolce diavolo ribelle...

Stato Omar:

Il mio desiderio di sognare? Un'evasione troppo forte, un veleno troppo potente che non so con chi dividere.

Il vero problema sono io: ultimo diavolo all'apice della decadenza che non vuole crescere... un demone troppo dolce e incompreso da tutti tranne che da te (forse anche un po' ubriaco)

Commento di Lilit:

"Forse è vero, i sogni cominciano quando ci svegliamo..."

Commento di Omar:

"Addormentato fra lune nuove e reminiscenze di vino, unto il mio corpo da ricordi, mentre sorridi..."

"Ho voglia di piangere, troppa malinconia nei miei pensieri... tutto questo tempo vissuto ormai dietro le spalle.. scrittura indelebile della nostra vita.. quanti sogni, quante situazioni, quanti passaggi voluti o meno ormai impressi in noi come tante piccole stelle nel nostro cielo...e quanto ancora deve arrivare?"

"Noi, piccoli grandi angeli all'inferno, riusciremo ad uscire sempre vincitori, vincitori di una vita fatta di semplicità e piccole cose, le stesse che fanno sorridere nei momenti più bui e che fanno filtrare un debole raggio di speranza nei nostri occhi..."

"Notti di cristallo, notti di oscura armonia, con la verità spavalda che marcisce nelle bugie dette così senza valore. Forse per dimenticare, ma cosa poi? Il freddo si fa maestro di una vita costruita sul cemento. L'acido delle mie parole mi rende geniale davanti al mio destino..."

"...pensieri cullati dalla notte...chiudere gli occhi... dolce incontro, uno sfiorare di mani... nella mia mente un fuoco rosso che incendia i pensieri, come se fossi sospesa nel tempo... scivola come acqua fra le dita la visione che occhi esterni hanno osservato a lungo..."

"come un sogno accarezza i miei pensieri, il sole sembra sospirare verso un paesaggio profumato di antico... solo con i pensieri sfuocati di giovane poeta alla ricerca di inchiostro per la mia pena..."

"mi trovo a danzare con soave delicatezza nel panno blu intenso davanti a me, incantata dal motivo intonato dal sole sui miei capelli..."

"vecchie mura accarezzate dal sole... i suoi raggi colorano aghi di abeti, che profumano dei tuoi sorrisi... la mia ombra in lontananza, pensando a te"

Stato di Lilit:

non sono sola... siamo in tanti, noi dolci diavoli ribelli che ci ribelliamo al giorno di sempre aspettando l'inizio della nostra alba... ma arriverà mai questo momento?

Stato di Omar:

perso tra gli odori della luna, gitano, girovago in attesa dell'alba... uno sguardo profondo e allo stesso tempo leggero ad un brivido di luce in lontananza...

"Ho freddo... ho freddo nel cuore... è duro riuscire ad ammettere i propri sbagli... ho tanta voglia di coccole..."

"... una carezza fra i tuoi capelli, un leggero solletico sul collo, un abbraccio fortissimo... mentre i tuoi occhi si perdono fra le stelle una dolce musica in lontananza..."

"Mio Dio! ma chi sei? un angelo, un diavolo... non lo so... ma so che mi fai perdere completamente i sensi, che un dolce brivido mi percorre la schiena..."

"Sono il demone che vive nei tuoi sogni più nascosti"

"Ti prego liberami da queste catene... ho bisogno di aria, di sole, di vita..."

"Chiudi gli occhi... io sono con te... la tua dolcezza accarezza i miei sensi, gocce di rugiada sulle tue labbra... un bacio intanto..."

"E' notte, la luna riflette le mie sensazioni: il valore di un ricordo, le emozioni che si rincorrono, la magia di un sogno... notte dolcissimo ribelle, sogna... perché nemmeno la cruda realtà può niente contro di te... finché credi, finché sogni, finché vivi..."

Stato di Omar:

insonne a succhiare l'essenza della notte mi appresto a dissetarmi di sogni stupendi

Stato di Lilit:

nella tristezza di questa pioggia estiva il suo sorriso mi riscalda... e non siamo più qui... siamo in una spiaggia a calpestare sabbia... all'imbrunire...

"notte fresca e calma... luna docile e irruenta a portare sorrisi... gocce di miele fra le tue guance"

"voce leggera tra i miei capelli, fumo di notti cariche di tormenti, il tocco di dita sospese nell'aria e il tuo chiarore a cospargermi di cera"

"perdermi nei tuoi occhi mentre mano nella mano passeggiamo per una via deserta... il bisbiglio di un tuo sorriso mi sta cullando"

"vorrei una notte solitaria e tante stelle, un oceano di stelle... e l'inferno della carezza (come diceva Rimbaud) e i tuoi occhi..."

"mentre i posters di camera mia mi scrutano sospettosi mi appresto a sognare... il mio sguardo continua disperatamente a bramare i tuoi occhi..."

Stato di Lilit:

avere tutto insieme... l'attimo più dolce di un sorriso dentro un barattolo di vetro... il rosso di una rosa appena sbocciata… il respiro del mare calmo mentre la luna lo illumina...

Stato di Omar:

Cuore impazzito, sangue bruciato, solitudine, occhi tristi dietro una grottesca maschera di sorrisi

"le mani del mio affetto ti stanno ricamando un mantello, nella bianca estate gli zoccoli del tuo cavallo, quattro singhiozzi d'argento... la luna è un piccolo pozzo"

"... stavo pensando dove sarei potuto andare per isolarmi dal mondo, ma senza di te non voglio andare da nessuna parte"

"chiudi gli occhi e mentre lo fai pensa intensamente a un posto tranquillo, un posto dove sai per certo che nessuno e niente potranno disturbare il tuo momento di pace..."

"e lì ci sei tu, la persona con la quale vorrei condividere tutto, anche l'aria necessaria per vivere, vorrei assaporare ogni cosa di te,

anche i sogni più intimi ed insignificanti… con te so di librarmi sopra tutti...”

“ chi può essere più felice di me... ebbrezza di giovinezza assale il battito dei nostri occhi esasperato... è in quell'attimo che si diventa demoni... siamo demoni in una notte d'estate, trasportati dal respiro dell'amore e ci scopriamo ad ammirare l'eleganza della vita dall'alto… questo è il momento che voglio assaporare, liquore dalle mie labbra alle tue”

“perché siamo anime capaci di arrivare dove i raggi del sole non arrivano, ma c'è solo il tepore delle nostre emozioni a scaldarci... anime della notte perfetta”

“un angelo maledetto.. nessun'altra parola per definirti... capace di farmi sognare come non sapevo fare da tanto tempo... non so perché, ma mi rimetti in circolo il sangue nelle vene, una ventata di infinito... sei davvero speciale”

“un bacio che ti accarezzi il collo e ti invada tutta... i tuoi occhi fra i miei e un tuo sorriso”

“solletico la tua mano”

“mi arriva dritto al cuore mi fa sorridere :)”

“mi incuriosisce il tuo sorriso ;)”

"è l'ora del tramonto... gli strani sapori delle sfumature assunte dai colori, gli ultimi raggi di sole danno la sensazione di una avvolgente intimità"

"tramonto assetato di vita che ogni sera danza con la notte, un abbraccio che ha il sapore dell'infinito, un dolce respiro che darà vita alle stelle"

"una notte da amare, crescere, esplorare, viverne il profondo silenzio e assaporarne gli impercettibili messaggi... sognare e perdersi in quel suo magnifico momento"

"sai che sei fantastica?"

"grazie"

"vorrei stringerti forte, un bacio vola dalle mie labbra e va lasciando un'impronta di fuoco, un dolce calore che brucia sul tuo volto"

"mentre assaporo la passione nel tuo volto e ti mordicchio l'orecchio mi appresto a passare la notte con te"

"ricorda che per te ci sarò sempre, anche se non fisicamente la mia mente sarà sempre con te"

"è un po' che non entri… ogni tanto pensami... magari mentre sei da sola davanti al tramonto ;)"

"non solo ti penserò, ma vorrò averti lì con me per condividere quel momento… sai che sei un adorabile pazzo? :D"

"lontananza... i tuoi occhi nella mia mente... forse Shakespeare dal cielo sta affrescando le nostre vite... solo davanti all'imbrunire pensandoti"

"solo la notte mi sento libera, quando le luci non tormentano i miei occhi come fossero fili di collane d'oro... solo di notte passeggiando per strade come fossi uno spettro leggero mi rivolgo a quei rari e timorosi angeli che ancora si lasciano accarezzare e li scongiuro, liberatemi dalle catene del giorno... solo così sarò libera di apparirvi in sogno"

"ancora solo, davanti alla notte... assaporo questa essenza come un vampiro in attesa che l'alba bruci la mia faccia... tristezze raccontate alle stelle"

"abbraccio le tue tristezze sperando di poter dare loro un po' del mio calore... il cielo limpido ci avvolge nel suo mantello di diamanti... lo voglio condividere con te"

"notte mia dolce metà, spirito ribelle"

Stato di Omar:

vorrei che la notte fosse eterna per nascondermi dal giudizio del sole. i miei pensieri vogliono volare, ma sono oppressi da pareti troppo spesse. aspetto che uno spiraglio di freschezza mi porti via, magari regalandomi un sorriso. guardo dalla finestra la notte confortevole invadere la mia stanza..

"Ancora una serata passata nella solitudine di sguardi sconosciuti, interrogativi impercettibili... sogno il tuo sguardo, lo immagino dolce, sorridente"

"Desidero che i tuoi occhi da cerbiatta impaurita sfiorino anche per pochissimo il mio sguardo, mi riempiano di quelle sensazioni che solo tu sai darmi"

"Solitaria e misteriosa... seduta davanti al cielo stellato... qualche desiderio... sembra che le stelle stiano raccontando chissà quali misteri... sogni in una notte di mezz'estate... mentre una stella cade i miei occhi si emozionano, non so perché... è buffo... la notte di S.Lorenzo mi mette sempre tristezza..."

"Ricordi per la testa... solitudine alberga nei miei occhi... forse dovrei, dovrei cosa, non ho la minima idea, non riesco ad esprimermi, solitario, troppo, triste, ancora di più... ancora qua con i miei pensieri, i miei dubbi, i miei se, i miei forse, tristezze nella notte, lacrime di buio... voglio capirmi, forse prima o poi..."

"Ho tanta voglia di stringerti forte forte... di perdermi nel tuo sguardo di dolce diavolo ribelle"

"Sono distrutto... comunque per un tuo abbraccio dimentico pure la stanchezza"

"Ti strapazzerei di coccole, mi piacerebbe giocare con te per tutta la notte"

"Intrigante... non vedo l'ora, attenta, ho una fantasia illimitata"

"Già stai stuzzicando la mia..."

"come angelo tenebroso vivo nella notte, mi nutro della sua essenza aspettando che l'alba mi bruci"

"angelo nero non raffreddare le tue ali d'argento nella notte che urla il mio nome sotto forma di stelle brillanti"

Stato di Lilit:

Tramonto difficile da interpretare...non capisco se quest'aria invernale mi rallegra o se invece l'addio definitivo dell'estate mi mette tristezza... è stata un'estate abbastanza triste, aspetto che il freddo geli i miei pensieri, anche se penso non ce la farà... la tristezza è parte degli occhi dei sognatori...

"Nuotare fra le tempere di un sogno di fine estate, malinconia e tristezze, gabbiani sempre in volo, un po' come noi..."

"Ho bisogno di stringerti forte, delle carezze tenui del sole sulla mia pelle, perché la notte non è sempre un rifugio sicuro... sento i respiri dei miei pensieri ed ho paura ad affrontarli da solo"

"La pioggia è come un pianto di mille lacrime, ogni lacrima è un ricordo che l'acqua trascina con sé..."

"Una stella sta piangendo, mentre la notte la avvolge in un caldo solitario abbraccio... abbraccia anche me, chiudo gli occhi, non sono più qui, il mondo piange, polvere nel vento..."

"... ho una voglia irrefrenabile di parlare con te, di sognare, di discutere, di scherzare, di giocare in questa notte che sta maturando... ma xké esistono dei limiti ai quali certe volte dobbiamo sottostare? sembrano insormontabili ma alla fine basta un angelo e te capisci ke la vita si può colorare di ottimismo... x il mio poeta, solo per lui, io regalo un mio bacio, dato con labbra ancora fresche di olio di tintura rosso d'amore... un sospiro caldo di tenero affetto donatomi dal più dolce degli angeli e dal poeta ke racchiude in se il dono della freschezza di un bambino, un sorriso di accecante gioia..."

"... sai... vorrei... averti qui e stare tutta la sera con te... ti voglio così tanto, che questa notte (lunghissima) non basta a descriverlo... e un semplice bacio sarebbe un dolce sollievo... ma i limiti... possiamo infrangerli, sono solo confini, facili da superare... vorrei stringerti le mani e comunicarti tutto il mio amore..."

"Noi vogliamo tanto questo sole che ci infuoca il cervello, piangere sul fondo della vita, inferno o paradiso, che importa... in fondo all'ignoto per trovare del nuovo..."

ESTATE

Bisogna sempre accettare la realtà, è un dogma, una legge fissa, stabilita, va rispettata... è il mondo degli uomini, per viverci devi accettare le regole... mi ripeto tutto questo ogni giorno così forte nella mia mente per vedere di non dimenticarmelo e ancora non mi va di credere a questa legge...

Il sole alto nel cielo, afa, un campo sterminato di grano battuto davanti agli occhi, all'ombra di un olivo, pensando, senza fare niente di particolare... la vita si ripete e il bisogno di scrivere qualche stronzata in un foglio bianco è sempre più grande... sembro un santone indiano assuefatto dall'apatia estiva, collane e braccialetti non mi mancano e neppure i sandali ai piedi... solitudine e tristezza fanno parte di me, sono il mio vestito e mi stanno veramente bene...

Disordine, caos, un raggio di luce fra le fronde di un albero, colori, tutte le tonalità di verde sono dipinte, studiate, provate, cancellate, rifatte, modellate, distrutte, rimodellate... un suono, il ricordo di alcuni sospiri pervade il mio orecchio... un vento improvviso cambia la realtà, regala nuove forme, ne modifica altre, ne reinventa altre ancora...

Sarà questo il succo della vita? Camminare a lungo senza una meta precisa, scegliere strade a caso, ripercorrerne alcune già fatte, evitarne altre, prendere scorciatoie o allungare il cammino, proseguire in corsa o a piccoli passi, salite e discese, a volte in compagnia, quasi sempre soli...

Sto male, sono triste, mi sento soffocare, ma non è colpa del caldo... amicizie tradite penso e forse neanche quello... forse credo troppo alle persone, alle loro parole e ci rimango sempre fregato... e vorrei veramente fottermene di tutto e non starci sempre così male... iniziare a pensare che una parola, una frase, è valida solo un momento... il momento dopo è solo passato... mi trastullo con le mie paranoie...

Ho iniziato a volare in una gabbia più grande, inizia a starmi stretta anche questa, arriverò a toccare il cielo prima o poi?

5

"Non ti fai mai vedere, non so neanche che faccia tu abbia >:o"

"Voglio rimanere nel mistero ;)"

"Non credi sia l'ora di farmi vedere il tuo volto!?"

"la mia rabbia si sta trasformando in tristezza e malinconia... sola, guardo il tramonto sperando nell'arrivo imminente di quell'alba lontana... e forse dovrei soltanto chiudere gli occhi e lasciarmi andare... ma una carezza (unico sollievo) è ormai lontana... e sempre falsi addii, tristezze al tramonto, mentre un'eco lontana grida il suo amore... :("

"la sensazione che sto provando ora è nuova per me... è dura e pungente come dolce è il tramonto… sento sfuggente il calore di cui mi servivo per respirare in questo periodo... comunque di una cosa sono certo... ti devo soffiare un immenso grazie… io ti voglio un

bene dell'anima e mi viene quasi da piangere da quanto ti voglio bene... non so se vorrai accettare le mie scuse... forse ho sbagliato tutto, no è certo, ma io spero che tu mi voglia perdonare, anzi accompagnare, non so bene nemmeno io dove, ma sento che se la tua presenza di fianco a me dovesse sparire io non saprei come fare... la vita mi ha insegnato ad essere indipendente, ma è questo che non mi riesce, essere indipendente da te!"

"ma io non so ancora che faccia tu abbia! >:o"

"tutte le sensazioni che ho provato fino ad ora erano tutte cose con cui ancora dovevo confrontarmi, ora sono le stesse con cui voglio vivere e senza esse mi sento perso... volevo dirtelo, solo questo, niente più...dammi ancora un po' di tempo"

Stato Lilit:

voglia di scappare, di perdermi nell'infinito, dove si rifugiano tutte le trasgressioni di un angelo che è stanco di avere ali di acciaio e di seguire aquile nere capaci solo di vedere il cammino già segnato per loro... vedere oltre pareti di cemento, respirare ossigeno di altri mondi... sentire il suono di una chiave capace di farti sognare, che ti appare davanti, così, d'improvviso... con te vecchio angelo solitario, dolce ribelle, pronto a ridere contro le esistenze prestabilite da stupidi cani a guardia del loro tanto stimato palazzo grigio... sono sicura, voleremo più alti di loro, su nel nostro cielo, sopra le costrizioni dettate da una mente furba, più furba di loro, ma non per questo capace di elevarsi contro vento...

"perché? >:o Perché non riesco a guardarmi dentro, perché non riesco a capirmi quanto vorrei, sono arrabbiata con me stessa, non capisco cosa voglio e cosa no, quali sentimenti provo verso di te... purtroppo quello che per molti è un pregio per me non lo è... ho la capacità di adattarmi a tutte le persone e le situazioni, ma questo mi porta a non capire più se le persone che ho davanti sono le persone che veramente mi fanno felice o se sto assecondando la situazione... questo mi provoca una crisi in tutti i sensi... come invidio le persone sicure di com'è il loro io... vorrei che il cielo si aprisse e mi si chiarisse tutto davanti"

"strana tristezza nei miei occhi, vorrei rimanere in silenzio, vorrei tanto che il cielo si aprisse, vorrei essere accarezzato dal sole, vorrei capirmi, vorrei essere felice... :'(e vorrei tutto questo anche per te... vorrei che sorridessi, vorrei farti stare meglio, farei qualsiasi cosa, anche se siamo così lontani... regalami le tue tristezze e i tuoi dubbi, li costudirò gelosamente..."

"no, non potrei mai darti tristezze e lacrime... speriamo che il sole asciughi presto i nostri occhi"

"puoi darmi tutto quello che vuoi"

"incontriamoci <3"

"ci sentiamo nello stesso stato d'animo, ma in un certo senso non riusciamo a venirci incontro... perché posso capire come sia l'amore, capisco perché esistono tante facce dell'amore e questo noi lo sappiamo bene... non capisco, o almeno la capisco in parte, la paura che hai di farti vedere… molte cose sono cambiate e noi dobbiamo vederle mutate proprio davanti agli occhi, senza vergogne o ripensamenti perché io ti amo e voglio vederti, voglio vedere la tua faccia, voglio incontrarti, non mi basta più questo mondo virtuale"

"ho bisogno di capirmi, di capire, e non ho la minima idea di come o cosa fare, forse qualsiasi cosa dovremmo farla insieme. Io sono sempre stato il tipo solitario, misterioso, spesso abituato dalle circostanze ad essere indipendente, ma ho scoperto che tu mi sei indispensabile, che ogni tristezza la voglio risolvere con te, perché ogni felicità la voglio condividere con te... la dolce volpe ha addomesticato il piccolo principe. Non voglio perderti, per il resto non esiste certezza, saremo noi, insieme ad affrontare le cose che stanno mutando davanti ai nostri occhi. Dammi tempo e mi mostrerò a te"

"Stancarsi di giorno riesce ad allontanare i miei pensieri, ma la notte tornano, perché ormai sono parte di me e non mi lasceranno mai... spero che una di queste sere la stanchezza mi vinca e mi conceda attimi sereni"

"Lo spero anche io per te... certe volte non sai se desiderare l'arrivo della notte o essere in ansia perché magari le cose a cui pensi non ti fanno stare tanto bene"

"sto pensando a come sia cambiato il rapporto fra noi due... sento che c'è qualcosa di molto più grande dietro queste parole scritte ad uno schermo, un legame forte e assolutamente non scontato... mi fa riflettere e mi fa stare bene... e continuo a non capire perché non vuoi incontrarmi, perché non vuoi mostrarti"

Stato di Lilit:

Ho lasciato amore negli occhi di un demone, che ora quasi non mi considera più. Mi sta distruggendo, ma non riesco a dimenticarlo.

"forse elimino questo profilo, devo allontanarmi da questo mondo… sono incazzata e ancora non capisco perché non ti fai vedere... sai, mi sto sempre più rendendo conto che mi sono innamorata della maschera che ti ho messo sul viso e non di te"

"... già forse ho paura dell'amore vero o forse sono io che ho paura di cercarlo"

"io l'avevo trovato... ora non ce l'ho più (l'ho perso)"

"sarà capace di ritrovarti"

"se l'amore ci fugge per poi tornare a rincorrerci, io sarò qui ad aspettarlo... ed amerò, lo stesso, nuovamente..."

PRIMAVERA

Una storia... scrivi una bella favola anche se non ti viene in mente niente... chiudi gli occhi...

C'è una rondine appollaiata sul filo della luce, fissa il vuoto, ha paura...

Il vento intorno è leggero, il sole è leggero, si sta bene, la rondine ha paura...

C'è abbastanza silenzio intorno, si sente solo il rumore di qualche macchina in lontananza, due o tre cani abbaiano, la rondine ha paura...

Dal pino lì vicino proviene un odore pungente, abbastanza forte, si mischia a quello dell'erba appena tagliata, la rondine ha paura...

Il filo della luce dove è appesa è solido, scuro, sembra resistente, le due colonne alle quali è appeso sono imponenti, la rondine ha paura...

La rondine ha paura, ha dimenticato come si fa a volare...

Non ti sembra che ci sia un che di strano nell'aria? Un qualcosa che sconvolge pensieri e sensazioni... non senti la tua testa appesantita dalla stanchezza dei giorni passati? Passi dalla notte al giorno così, senza dormire, forse chiudi gli occhi per due o tre ore e fai sogni, sogni stranissimi, che iniziano a sembrarti sempre più spesso la continuazione di quello che hai fatto prima da sveglio...notti insonni, a volte allucinate, giornate dedicate allo studio, letture varie, pranzi leggeri...

Ti vedo, ti chiedi cosa ci sia di così particolare in alcuni pensieri che arrivano veloci ed improvvisi, ti fanno riflettere... e se ne vanno veloci e improvvisi così come sono arrivati... smetti di riflettere, vuoto assoluto... ti invade il niente... chiudi gli occhi...

Una nuvola di fumo, o qualcosa che le assomiglia molto è davanti a me... in alcuni punti è più densa, in altri meno... una linea di luce sottile la attraversa...

6

Bagno. Lilit guardò di sfuggita l'immagine che lo specchio le rimandava. Uno sguardo veloce. Si bloccò davanti allo specchio. Gli occhi spaventati. I polmoni si rifiutavano di incamerare aria. La testa le pulsava in modo spaventoso. Guardò più attentamente. Rimase in silenzio, deglutendo a fatica. L'esito fu terribile: i suoi capelli, gli occhi… non era lei. Lilit scoppiò in lacrime.

Guardò ancora una volta lo specchio e non vi erano ormai più dubbi. Guardò ancora più attentamente. Quella faccia… quella faccia… presa dalla rabbia, quasi d'istinto, afferrò il primo oggetto pesante a portata di mano e lo scagliò contro lo specchio mandandolo in frantumi. Dalle schegge dello specchio rotto l'immagine non scomparve. Dentro lo specchio, non c'era più Lilit, l'immagine riflessa era quella di Omar.

7

"Sei una fata o una dea?"

"Forse sono un angelo, tu che dici?"

"ma dove sei sparita tutto questo tempo? mi sei mancata..."

"sono stata a fare indigestione di stelle...

ho incontrato angeli e fate... mi sei mancato... tanto..."

"ho voglia di te, fra stelle e odori d'incenso i miei occhi si stanno chiudendo"

"voglio bagnarmi di luna e solleticare le stelle... nuvolina? <3"

www.ingramcontent.com/pod-product-compliance
Ingram Content Group UK Ltd.
Pitfield, Milton Keynes, MK11 3LW, UK
UKHW020234250726
13967UKWH00001B/355